Crisantemo

Kevin Henkes

Traducido por Teresa Mlawer

everest

Para Ava

Colección dirigida por Raquel López Varela

Título original: *Chrysantemum*
Traducción: Teresa Mlawer

TERCERA EDICIÓN

© 1991 by Kevin Henkes
Published by arrangement with Harper Collins Children's Books,
a division of Harper Collins Publisher, Inc.
© EDITORIAL EVEREST, S. A.
Carretera León-La Coruña, km 5 - LEÓN
ISBN: 978-84-241-0971-4
Depósito legal: LE. 922-2011
Printed in Spain - Impreso en España

EDITORIAL EVERGRÁFICAS, S. L.
Carretera León-La Coruña, km 5LEÓN (España)
Atención al cliente: 902 123 400
www.everest.es

El día en que ella nació
fue el día más feliz de
la vida de sus padres.

—¡Es perfecta! —exclamó la mamá.

—Sin lugar a dudas —reconoció el papá.

Y lo era…

Era absolutamente perfecta.

—Debemos elegir un nombre adecuado para ella —sugirió la mamá.

—Su nombre debe ser absolutamente perfecto —indicó el papá.

Y así fue.

Crisantemo. Sus padres le pusieron Crisantemo.

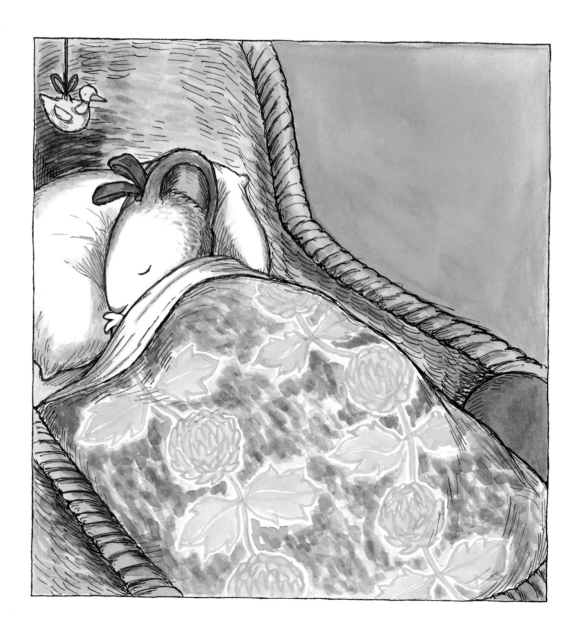

Crisantemo creció, creció y creció.

Y cuando fue lo suficientemente mayor
como para apreciar su nombre, le encantó.

Le encantaba cómo sonaba su nombre cuando su mamá la despertaba.

Le encantaba escucharlo cuando su papá la llamaba a cenar.

Y le encantaba su sonido cuando se lo repetía a sí misma, muy bajito, delante del espejo del cuarto de baño.

Crisantemo... Crisantemo... Crisantemo...

A Crisantemo le encantaba ver su nombre escrito con tinta en un sobre.

Le encantaba verlo hecho de merengue, en su tarta de cumpleaños.

Y le encantaba verlo cuando ella misma lo escribía con su lápiz grueso de color naranja.

Crisantemo... Crisantemo... Crisantemo...

Crisantemo pensaba que su nombre era absolutamente perfecto, hasta el día en que comenzó a ir al colegio.

Aquel día, Crisantemo se puso un vestido muy alegre.

Y se fue hacia la escuela corriendo, con la más radiante de sus sonrisas.

—¡Hurra! —gritaba Crisantemo—. ¡Viva el colegio!

Pero cuando la señorita Charo pasó lista,
todos se rieron al oír el nombre de Crisantemo.

—¡Es larguísimo! —dijo Josefina.

—¡Casi no te cabe en la tarjeta! —indicó Rita.

—A mí me pusieron el nombre de mi
abuela —replicó Victoria—. Tú, en cambio,
te llamas como una flor.

Crisantemo agachó la cabeza, cohibida. Ya no pensaba que su nombre fuese absolutamente perfecto. Estaba convencida de que era horrible.

El resto del día no transcurrió mejor.
Durante la siesta, Victoria levantó la mano
para indicarle a la señorita Charo que el nombre de
Crisantemo tenía ¡diez letras! ¡D-I-E-Z!

—¡Más de la tercera parte de las letras
del alfabeto! —explicó Victoria.

—Gracias por tus comentarios, Victoria —dijo
la señorita Charo—. Pero ahora no estamos contando
letras...

—Si yo tuviera un nombre como el tuyo, seguro que
me lo cambiaba —insistió Victoria, mientras los
niños se ponían en fila para irse a casa.

"¡Ojalá pudiera!", pensó Crisantemo, toda
descorazonada.

—¡Bienvenida a casa! —le dijo su mamá.

—¡Bienvenida a casa! —le dijo su papá.

—¡La escuela no se ha hecho para mí! —respondió Crisantemo—. Mi nombre es muy largo. Casi no me cabe en la tarjeta. ¡Y, además, es el nombre de una flor!

—Pero ¿qué dices? —se extrañó la mamá—. ¡Tu nombre es precioso!

—¡Precioso, encantador, maravilloso y único! —dijo el padre.

—¡Es un nombre perfecto para ti! —dijo la mamá.

—Absolutamente perfecto —dijo el papá.

Crisantemo se sintió mucho mejor después de cenar macarrones con queso rayado y salsa de tomate —su comida favorita—, de jugar un rato con sus papás al parchís y de que la colmaran de besos y abrazos durante toda la tarde.

Aquella noche, Crisantemo soñó con que su nombre era Juana. Fue un sueño maravilloso.

A la mañana siguiente, Crisantemo se puso el primer vestido que encontró y se encaminó hacia la escuela despacio, muy despacio, arrastrando los pies y escribiendo con ellos en la tierra una y otra vez "Crisantemo", "Crisantemo", "Crisantemo".

—¡Fijaos! ¡Hasta se parece a una flor! —gritó Victoria al verla aparecer en el patio.

—¡Vamos a arrancarla! —propuso Rita.

—¡A ver cómo huele! —insistió Josefina.

Crisantemo, en aquel momento, quería que se la tragara la tierra.

Ya no pensaba que su nombre fuese absolutamente perfecto. Estaba convencida de que su nombre era horrible.

El resto del día transcurrió más o menos igual. Por la tarde, Victoria volvió a levantar la mano y dijo:

—El crisantemo es una flor. Vive en los jardines, entre gusanos y otras cosas repugnantes...

—Gracias por tu aclaración, Victoria —interrumpió la señorita Charo—. Pero ahora no estamos estudiando la vida de las flores...

—¡Vaya un nombre que te han puesto! No me
lo puedo creer —murmuraba Victoria, mientras
los niños se ponían en fila para salir del aula.

"Ni yo", se decía Crisantemo a sí misma, muy
triste.

—¡Crisantemo es una margarita! ¡Crisantemo es una margarita! —cantaron a coro Josefina, Rita y Victoria, incapaces de contener la risa.

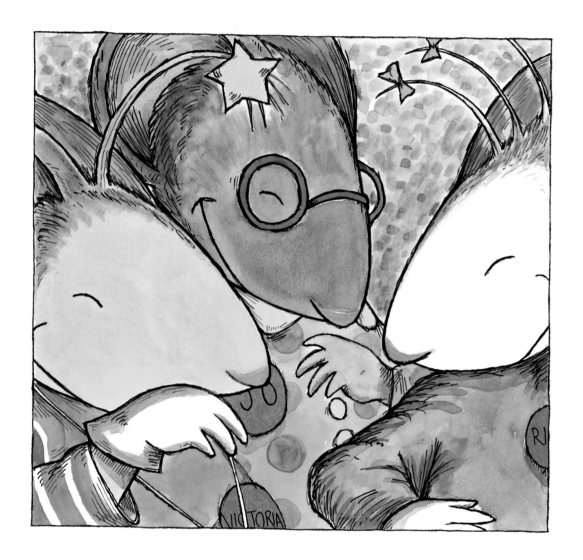

Crisantemo se volvió a sentir la cosa más insignificante del mundo. No pensaba, desde luego, que su nombre fuese absolutamente perfecto. Todo lo contrario: estaba convencida de que era absolutamente horrible.

—¿Qué es lo que os causa tanta risa? —preguntó la señorita Estrella.

—Crisantemo —fue toda la respuesta.

—¡Su nombre es tan largo...! —exclamó Josefina.

—¡Casi no le cabe en la tarjeta! —añadió Rita.

—Yo me llamo como mi abuela —dijo orgullosa Victoria—. Ella, en cambio, se llama como una flor.

—Mi nombre también es largo —dijo la señorita Estrella.

—¿Largo? —se extrañó Josefina.

—Tampoco cabría en la tarjeta —continuó la señorita Estrella.

—¿Tampoco? —preguntó Rita.

—Y... —agregó la señorita Estrella— ¡yo también me llamo como una flor!

—¿De veras? —preguntó Victoria.

—De veras —respondió la señorita Estrella—. Mi nombre es Malvarrosa. Malvarrosa Estrella. Y si el bebé que estoy esperando es una niña, le pondremos Crisantemo. Me parece un nombre absolutamente perfecto.

Crisantemo no podía dar crédito a lo que estaba oyendo.

Se ruborizó.

Se sentía feliz.

Estaba radiante.

Crisantemo... Crisantemo... Crisantemo...

EPÍLOGO

Al final, el número musical de la clase fue todo un éxito. Crisantemo estuvo magnífica en el papel de Margarita.

El único error lo cometió Victoria: se le olvidaron los versos que tenía que decir de la Reina Hada.

A Crisantemo la obra le pareció divertidísima y, durante el Baile de las Flores, no pudo contener la risa.

Poco después, la señorita Estrella dio a luz a una preciosa niña.

Y, por supuesto, le puso el nombre de Crisantemo.